戸渡阿見詩集

犬の彗星!

たちばな出版

戸渡阿見詩集

犬の彗星！
（いぬ　すいせい）

目次

- まえがき 10
- 雪と猫 24
- カンボジア 26
- キラキラ星 30
- 野うさぎ 34
- 大山椒魚 40
- 山びこ 44
- コーヒー 48
- チョコレート 54

ふんどし　58

さより雲　62

ハレー彗星　64

カップ　70

きっと　74

足　76

鼻の穴（一）　78

鼻の穴（二） 82

うんこ 86

へそ（一） 90

へそ（二） 92

まゆとまつげ 96

金太君 100

「まなこ」と「なまこ」 102

チンチン 106

女の子のあれ 108

アリ 112

五郎物語 120

バリ島 122

ヘリコプター 124

ポリス 125

ガリ 126

ナレーション 127

- ツル 128
- おカラ 129
- モリ 130
- 魚 131
- ユルブリンナー 132
- トリ 133
- ブルドーザー 134
- ねこ 136
- アラレちゃん 138

メランコリー 140

ゾウ 142

チリ 143

リス 144

コロンブス 146

メリーさんのひつじ 148

ポパイ 150

ガラナ 151

幽霊 152

ボリ 154

ジャガー 156

カメレオン 158

パバロッティー 160

キリスト 162

キリギリス 164

山吹色の銅の犬／東州画

まえがき

詩人は「死人」に聞こえ、俳人は「廃人」に聞こえ、歌人は「佳人」に聞こえます。そう考えると、歌人が一番いいと歌人岡野弘彦氏は言いました。詩人に言わせると、詩人は「思人」であり、俳人は「蠅人」であり、歌人は「蚊人」かも知れません。いずれにしろ、歌人はまじめな人が多く、俳人は洒脱な人が多く、詩人はまじめな人と、変わった人の両方がいます。

本書は詩集ですが、私は俳人であり、歌人であり、小説家でもあります。俳句は、十八歳から作り始め、いまでは現代俳句協会の会員です。短歌は、昭和天皇の短歌の師である岡野弘彦氏に習っ

ていました。しかし、俳句ほど本格的にはならず、もっぱら、禅僧のように道歌を詠むだけです。しかし、また短歌を作りたいとも思っています。

短歌の「調べ」と、俳句の「切れ」は違います。それで、なかなか両立はできないのですが、寺山修司のように、個性的な両立ができたら理想です。

このように、短歌も俳句も好きなのですが、自由詩を作り始めるようになったのは、つい最近のことです。以前から作曲や作詞をやり、短い言葉の詩集は、『神との語らい』というタイトルで、三冊出版したことがあります。しかし、本格的な自由詩は、この詩集が初めてなのです。

私の性質は、どちらかと言えば「死人」「廃人」「佳人」と、「思人」

「蠅人」「蚊人」が入り混じり、「志人」「拝人」や、「子人」「灰人」「火人」を、そこにまぶしたようなもの。だから、本来は、小説や自由詩が合っているのかも知れません。

ところで、現代の詩人では、「まどみちお」や谷川俊太郎はよく知られますが、それ以外の詩人は、あまり知られていません。中原中也や萩原朔太郎、宮沢賢治なども有名ですが、私にとっては、とにかく暗いのです。現代の有名詩人の詩集を見ても、難解で暗いものばかりです。島崎藤村やシェークスピア、武者小路実篤の詩は、まだ明るくてわかりやすい。特に、武者小路実篤の詩には、わかり易くて前向きで、好きな詩がたくさんあります。でも、最近は誰も読まなくなりました。

二十代の頃は、リルケやハイネ、ボードレールなども読みまし

たが、眠くてよくわかりませんでした。現代の有名な詩人の詩を みても、わからないものが沢山あります。普通の人が読んで解ら ない詩を、詩人が書く意味はどこにあるのか。いつも、疑問に思 う所です。その点、「まどみちお」は最もわかり易く、最も深い 気がします。だから、日本人で初めてアンデルセン賞を受賞した のでしょう。

普通の人に何が言いたいのか、良く解らないものは、アニメで も大賞は受賞しません。「千と千尋の神隠し」がアカデミー賞を 受賞し、「ハウルの動く城」「もののけ姫」が受賞しなかったのは、 そのためです。普通の知識人なら、誰でもその事は解るはずです。 「崖の上のポニョ」も、ちょっと難しいでしょう。

ところで、最近、谷川俊太郎の詩集をしっかり読んで、とても

解り易く、明るく、自由奔放なことに驚きました。新川和江もわかり易く、明るく、自由な詩心があり、大好きになりました。詩は、やはり、詩の言葉より詩心に重心があり、難解な言葉や表現に凝る人は、よほど詩心に自信がないのでしょう。「まどみちお」は、ありのままの詩心で、正面から勝負する所が偉大です。

ところで、短歌や俳句で大切なのは、第一は詩心であり、第二に言葉の意味が五十％、あとの五十％は、言葉の調べです。さらに、有り型のパターンにならない意外性があり、その人にしか詠めない個性と、その人らしい輝きがあることが大切です。そこに、芸術性を見出すのです。

これは、詩でも作詞でも、小説や戯曲でも、本質は同じでしょう。谷川俊太郎やまどみちお、新川和江も同じです。いい詩を書

く人は、皆その本質に根ざし、生き生きとした魂の品格がありま
す。それが表に顕れると、明るくて自由な、輝く詩心になるので
す。私は、これらの人々の詩集を丹念に読んで、急に詩に開眼し、
自由詩がどんどん書けるようになりました。
　ところで、私はいろんなジャンルの絵を描く、画家でもありま
す。最初に絵の勉強を始めたのは、俳画や仏画、水墨画や日本画
でした。それから、十年以上経って西洋画を始めたのです。西洋
画を始めて解ったことは、西洋画とは、何でもありの世界だと言
うことです。必ずしも、キャンバスに描かなくてもいいし、立体
やコラージュ、画材も何でもありで、びっくりしました。抽象画
があり、キュビズムやフォービズム、シュールレアリズムあり、
アクションペインティングもある。形をキッチリ描く必要はなく、

巨匠ほど形は稚拙です。と言うよりも、形の奥の絵心を大切にするので、敢えてそう描くのです。とにかく自由で、何でもありなのです。それが解り、西洋画が好きになりました。こうして、私は絵画に開眼し、次々と大作が描けるようになったのです。

この、私の絵画における開眼史は、そのまま詩と小説の、開眼史にもあてはまります。つまり、最近まで短歌や俳句など、いわゆる定型詩しか作ってなかったものが、文字数や季語の枠にとわれない、何でもありの自由詩に開眼したわけです。その発端は、小説でした。小説を書くようになり、何でもありの文芸の楽しさを知ったのです。そこから、何でもありの自由詩の世界に醒め、西洋画のように、次々と書けるようになったのです。

特に、自由奔放でありながら、良く計算された谷川俊太郎の詩

には、大きな影響を受けました。シンガーソングライターの、中島みゆきと同じです。それで、私の作詞、作曲の世界にも、新しい創作の世界が広がったのです。

こうしてできた詩集、『明日になれば』は、比較的まじめな詩を集めた一冊です。これを読んだ人は、私がまじめな詩人だと思うかもしれません。一方、詩集『ハレー彗星』は、おもしろくて楽しい、言葉遊びのオンパレードです。これを読むと、おかしい詩人だと思われるでしょう。

また、アルゼンチンに五日間で往復した、九十六時間の機内と空港で作った三十四篇の詩は、そのまま、詩集『泡立つ紅茶』の一冊になりました。これを読むと、「ウニ」入りミックスピザのように、「まじめ」と「おかしさ」がミックスされた、新しい味

になったと思うでしょう。

面白いことに、小説で言葉遊びや駄洒落を嫌う人も居ますが、谷川俊太郎やまどみちおの詩集を見て、それを嫌ったり、批判する人は居ません。また、日本の伝統芸能の落語や狂言は、言葉遊びのオチが多いのです。短歌でも、「掛詞(かけことば)」は、伝統的な気の利く修辞法でした。こうして、洒落は、もともと知性と教養を必要とする、気の利いた表現だったのです。それが、一九六〇年代以降、これに価値を認めない人々から、「駄洒落」と言われるようになったのです。

ですから、この歴史を知れば、谷川俊太郎やまどみちお、シェークスピアなどの詩人のように、言葉遊びや駄洒落の詩があっても、決して悪いはずがありません。自由詩の世界では、大歓迎される

のです。詩心とユーモアがあり、人間の本質や魂の局面を、様々な角度から表現するものなら、何でもいいのです。さらに、意外性があり、言葉使いに個性があり、調べが美しければ、もっといいのです。それが、自由詩の魅力だと言えます。

なお、『明日になれば』は、詩画集もあります。これは、ひとつひとつの詩をモチーフに、私が描いた絵を載せたものです。また、『おのれに喝！』という書言集もあります。これは、私の一言の詩を、禅僧のように書道で書いたものです。また、『墨汁の詩』は、私の俳句と書と、水墨画の先生とのコラボレーションです。

このように、私にとっては、詩心と絵心は、同じルーツのものです。すなわち、両方とも詩心なのです。そして、絵心とは、それを色彩や形で表わすもの。だから、「まどみちお」も、あんな

に素敵な絵を描くのでしょう。しかし、彼の絵画に関しては、詩よりも色や形を省略した方が、彼の詩心が前面に出てくると思います。

孔子が、教養とは「詩に興り、礼に立ちて、楽に成る」と言ったように、詩心は、魂の高貴な部分の表われです。だから、詩心が豊かであれば、芸術作品の創作範囲は、無限に広がるのです。オペラや歌曲やポップスを歌う歌手も、作詞や作曲をする人にも、歌心とは、音で表わす詩心であることを、是非知って頂きたい。

最後に……。

谷川俊太郎氏は、多くの子供たちや大人に、詩のおもしろさや楽しさを教えました。

私の詩は、無論、それほどのものとも思えませんが、わかり易

さや明るさ、また面白さに関しては、きわ立っていると思います。
この詩集を読んで、詩は自由で楽しいものなんだと、思ってくだ
さる方が増えれば、これにまさる喜びはありません。
　また全ての芸術家が、詩心を豊かにするために、詩が好きになっ
てくれることを、切に祈るものです。

　　　　　　　　　　　　　　　　　　戸渡阿見

本書は、二〇〇九年四月に発刊された
「詩集　ハレー彗星」を改題し、
装いを新たにして発行しました。

戸渡阿見詩集

犬の彗星！

雪(ゆき)と猫(ねこ)

チラチラと雪(ゆき)が降(ふ)る
チンチラの白(しろ)い猫(ねこ)が
チラチラの雪(ゆき)を見(み)る
チンチラの白(しろ)い猫(ねこ)に

チラチラの雪が降る
チンチラの白い猫は
チラチラの雪を食べ
ますます白くなった
チラチラと雪が降る
チンチラの猫の上に

カンボジア

ポロポロと涙ふく
ボロボロの少年は
両親がいないのか
ブルブルと震えてる

ボロボロの少年は
バラバラのバラックの
家に住む
ブルブルのブルドーザー
バラバラのバラックの
家をこわす
ボロボロの少年の

住む家を
カンボジアの少年の
家をこわすブルドーザー
バラバラのバラックが
家なのか
ボロボロの少年は
ポロポロと涙ふく

バラバラのバラックが

バラバラとくずれ落つ

ボロボロの少年の

バラックの家

キラキラ星

キラキラの
星空(ほしぞら)を
キラわれの
子供(こども)がみる

キラキラと
キラわれの
子供(こども)の目(め)から
涙(なみだ)がおちて
キラキラの
星(ほし)たちが
なぐさめました

キラキラキラ
星(ほし)たちの
なぐさめの
言葉(ことば)でした

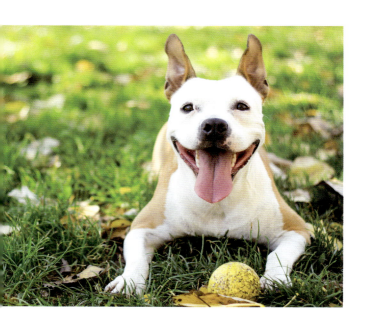

野うさぎ

野うさぎが
家の前を走る
野うさぎの
走る理由は

なんだろう
野うさぎの
走ったそばを
車が走る
野うさぎの
走る理由は
何だろう

車が走る
まねをしたのか
えさをさがして
走ったのか
野うさぎは走る
車より自然に
なんだか

楽(たの)しそうだ
速(はや)かったり
ゆっくりだったり
立(た)ち止(ど)まったり
キョロキョロして
また走(はし)る
自動車(じどうしゃ)よりも

速くなく
まっ直ぐでない
そこがいい
それが楽しそうだ
人間と同じだ

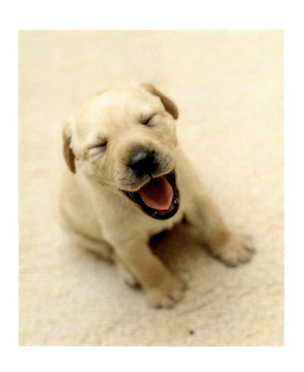

大山椒魚（おおさんしょうお）

大山椒魚（おおさんしょうお）　どこに住（す）む
岩（いわ）のぼり　山（やま）の奥（おく）
水清（みずきよ）き　山（やま）の上（うえ）
森（もり）をゆく

清流の　聖なる魚

手足ある　不思議な魚

人見れば　ワープする

すぐ逃げて　ワープする

大山椒魚　水に消ゆ

人知らぬ　森の奥

静かな森の　小さな滝

ドドッと落ちる　滝音は
大山椒魚の　消える音
大山椒魚の　いる山の
かすかな滝音　山の音
大山椒魚の　消える音
大山椒魚の　いる山の
空気に住むのは　何だろう

自然の静けさ　自然のなごみ
自然の清流
みんなみんな
犯されぬままの
神のすがたただ

山(やま)びこ

山(やま)びこヤッホー
数秒(すうびょう)遅(おく)れて
ヤッホーがくる
またヤッホーと

叫(さけ)んでみる
ヤッホーがくる
でもどこか
みずみずしくなって
帰(かえ)ってくる
山(やま)のいのち
樹々(きぎ)のいのちを

もらって
帰(かえ)ってきたからだ

コーヒー

いらいらするなよ
でもしょうがない
そこをなんとかするんだよ
でもできそうにない

やってみるまでわからない
それができないから
いらいらするんだ
おちつけおちつけ
おちつけないから
いらいらするんだ
そこをなんとかするんだよ

それができないから
悩(なや)むんだ
まあコーヒーでも飲(の)め
それもそうだな
いらいらがやんだじゃないか
ああほんとうだ
コーヒーのおかげだ

そうじゃない
紅茶でも良かったんだ
じゃカップのおかげか
そうじゃない
缶入りでも良かったんだ
じゃあなんのおかげなんだ
君が何か別なことに

心を向けたおかげだよ
何か別なことに
心を向けたおかげか
おいもう一杯
コーヒー飲めよ
そうだね
もう一杯飲もう

チョコレート

いやな人(ひと)から
贈(おく)られた
素敵(すてき)なラップの
プレゼント

開(あ)けてみようか

捨(す)てようか

いやいや開(あ)けて

中(なか)をみれば

お詫(わ)びの手紙(てがみ)と

チョコレート

いやな人(ひと)の笑(わら)う顔(かお)

少し許せる気になって
チョコレートを食べた
今度会ったら
笑ってみようか
私の好きな
ビターなチョコ
それを
知ってるなんて

ふんどし

ふんどしで
泳ぐ子供たち
恥ずかしくないのか
ふんどしで

相撲取る

お相撲さん

恥ずかしくないのか

パンツ一つで

戦うボクサー

恥ずかしくないのか

やっぱり夢中でやってると

恥ずかしさを忘れる
その姿が美しい
あれで商店街を歩けば
やっぱり恥ずかしい
でもお祭りでやれば
たのもしくて勇ましい
やっぱり夢中でやれば

すべてが美しく
すべてが輝くんだ

さより雲(ぐも)

冬空(ふゆぞら)に　現(あら)われた
白(しろ)い雲(くも)は　細(ほそ)くなり
女神(めがみ)の形(かたち)に　なってゆく
よじれて細(ほそ)い　白肌(しろはだ)が
こよりのように　折(お)れ曲(ま)がり

風に吹かれて　悩ましい
こよりの雲が　行き交えば
今度は　いわし雲になる
それからどんどん　細くなり
さよりの　海のむれになる
よじれてまがった　空の雲
いわし雲より　細くなり
さよりの雲に　なりました

ハレー彗星

きらめく宇宙の　星空に
流れる彗星　ながめたら
闇夜によじれる　光のこより
君は彗星　こよりの君だ

細い手足に　細い腰
青白く光る　目とうなじ
彗星という　君は姫だ
金星の姫は　図太く光り
空で笑って　輝いてる
彗星の君は　輝きながら
長い尾を引き　飛んでゆく

闇夜(やみよ)の静寂(せいじゃく)　どこまで続(つづ)く

彗星(すいせい)の旅(たび)は　永遠(えいえん)だ

さようなら

次(つぎ)の周期(しゅうき)で　また逢(あ)おう

それまで　生(い)きていたらなあ

こよりの君(きみ)は　ハレー彗星(すいせい)

さがし求(もと)めた

星(ほし)のときめき

鼻縞犬のボーイフレンド募集中／東州画

カップ

Aカップ　Bカップ
普通(ふつう)で謙虚(けんきょ)です
Cカップ　Dカップ
堂々(どうどう)と胸(むね)を張(は)ります

Eカップ　Fカップ
立派すぎて恥ずかしそう
Gカップ　Hカップ
グラビアに出るのと
隠すのに分かれます
それから先は
未知の世界

コーヒーカップとティーカップ
なんだか
恥(は)ずかしそうでした

きっと

ツルツルの谷間(たに ま)に
毛(け)が生(は)えた　ツルツルツル
ツルツルの脇(わき)に
毛(け)が生(は)えた　ツルツルツル

守るためか　誘うためか

大人になった　しるしです

きっときっと　そのためです

足(あし)

足(あし)の裏(うら)に　裏切(うらぎ)られ
足(あし)の先(さき)に　先(さき)を越(こ)され
足(あし)の指(ゆび)に　指切(ゆびき)りゲンマン
足(あし)の爪(つめ)に　つめ寄(よ)られ

足の甲に　攻撃された
足ばかり　目立つ
ふられた恋人
ぼくのこころは
足ゲリだった

鼻の穴（一）

左の鼻の穴と　右の鼻の穴は
仲良しなのか　どうなのか
ときには　鼻息荒く　怒ってるようです
ときには　か細く　ため息がでる

小鼻を　ピクピク　させてると

大きくなったり　小さくなったり

いばっていたり　おびえていたり

深呼吸すれば　音がする

スウースウースウー

安心してるのか

それとも　蒸気機関車の

停車(ていしゃ)のまねか

　かぜをひくと　左右(さゆう)の穴(あな)は
競争(きょうそう)しながら　那智(なち)の滝(たき)
昔(むかし)の子供(こども)は　みんなみんな
青(あお)い鼻(はな)を　たらしていた
最近(さいきん)の子(こ)は　垂(た)れてない

青_{あお}ばなたちは　どこへ消_きえた
田_たんぼが消_きえて　カエルも消_きえた
青_{あお}ばなたちも　消_きえ去_さった

鼻の穴(二)

鼻の穴だって
きっと寒いのだろう
やれやれ
また風邪を引いたようだ

ハックション

鼻の穴も　グズグズ言って

不満のようだ

ホラホラ　鼻毛を切ってやるから

おとなしくして　もう寝ろよ

グオーグオー

ようやく寝たと　思ったら

こんどはいびきだ　近所迷惑だね
左の穴と　右の穴の
どっちの　責任なんだい？
猫も人も　起きるよ
静かに優しく　寝ておくれ
明日を夢みて　おやすみなさい
スースースー

やすらかなる
鼻(はな)の穴(あな)

うんこ

かわいそうなのは　うんこです
なければ便秘(べんぴ)で　悩(なや)むのに
出(で)たらみんなで　いやがって
目(め)をさけ　鼻(はな)をそむけます

うんこに　罪(つみ)はなにもない
そうかといって　むりやり愛(あい)し
うんこを食(た)べたなら　病気(びょうき)になる
だからうんこは　くさいのです
食(た)べてはいけない　警告(けいこく)です
うんこは　犠牲(ぎせい)の心(こころ)がある
くさいことで　役割(やくわり)果(は)たす

やさしい　身体の贈りもの

畑に撒けば　たからもの
大地は喜び　野菜はふえる
人にきらわれ　捨てられる
ほんとの愛の　生涯です

ピンクドッグのコーヒーは蛙もカラスも欲しがる／東州画

へそ（一）

へそのごま
へそのあな
母（はは）から生（う）まれた遺跡（いせき）です
世界遺産（せかいいさん）です

自分だけの
世界遺産です
大切に保存し
美しく
保護します
死の穴に
入るまで

へそ（二）

身体の表に　へその穴
身体の裏に　尻の穴
表の穴は　史跡の穴
裏の穴は　生きてる穴

古代(こだい)の都市(とし)と
今(いま)の都市(とし)
どちらもきれいに
すがすがしく
身体(からだ)にそなわる　神(かみ)の穴(あな)
差別(さべつ)をせずに　愛(あい)しましょう
へそのあなには　へそのごま

しりのあなには　うんちごま
いつもきれいに　掃(は)き清(きよ)め
お風呂(ふろ)の中(なか)で　会(あ)いましょう
湯船(ゆぶね)で遊(あそ)ぶ　穴(あな)二(ふた)つ
みずみずしくて　仲良(なかよ)しです

まゆとまつげ

まゆは　どうして　目の上か
まゆが　もしも　目の下に
あったら　ぼくは　へんな顔
頭の汗は　目に入り

まつ毛はいつも　涙にぬれる
まつ毛の姫を　守るため
勇者のまゆは　目の上で
汗の侵入　防ぎます
いつもいつも　防ぎます

まゆとまつ毛の　交際は

はなればなれで　できません

しかし　こころは　かよってる

二人(ふたり)で　いつも　きょうりょくし

大事(だいじ)な眼(まなこ)　まもってます

ホコリや汗(あせ)から　まもってます

心(こころ)の窓(まど)の　目(め)を守(まも)る

姫と勇者の　物語

私の顔の　お城の中で

眼の宝石　まもってる

二人は　いつも　愛し合い

死ぬまで　二人で守ります

金太君

酒を飲んだ　金太君
酒に酔ってる　金太君
金太が迷う　夜の道
金太迷う　夜の道

キンタマヨウ　夜の道

「まなこ」と「なまこ」

まなこは　なまこ　見(み)つめてる
まなこは　うおか　貝(かい)なのか
なまこの　まなこは　見(み)えません
まなこに　なまこは　理解不能(りかいふのう)

うみの　さかなか　浜のうんこか

まなこは　なまこ　見て食えない

だから　まなこを　つぶって食べる

カリカリ　コリコリ　口のなか

なまこに　まなこは　ありません

じぶんの　すがたも　みえません

しあわせ　なのか　どうなのか

うみの　神様　生み出した

なまこの　役割　なんなのか

わからないまま　食べました

わからないけど　食べられて

私も　なまこも　しあわせです

わたしの　まなこは　しあわせです

わたしの　なまこの　おかげです

すがた　かたちは　どうでもいい

いのちの　おかげで　うまかった

チンチン

ある朝 目(め)がさめたら
チンチンが 怒(おこ)っていた
ミミズにおしっこ しなかったのに
なんで怒(おこ)って はれるんだ

こらえ切れずに　外に出たら
チンチンが　動き始めた
チンチン　チンチン　チンチン電車
チンチンの　出発だ
レールの上に　かけようか
周囲の石か　草花か
女の子よ　ざまあみろ
これが男の　特権だ

女の子のあれ

女の子の　あれのかなたには
何があるのだろ
きっと宇宙の　入口があるんだ
男の子のあれが　いつもあこがれる

夜空があるんだ

そこから　星が降りてきて

赤ちゃんになる

星の命が　赤ちゃんだ

人間の魂は　星なんだ

だから人間も　宇宙人

女の子のあれは　星空のように輝く

女の子のあれは　まぶし過ぎる
見えない夜空で　妖しく光る
神秘で神聖な　女の子のあれ

アリ

ソファーに　横(よこ)になっていると
アリが来(き)て　言(い)いました
アリがとう
また別(べつ)な　アリが来(き)て

首をかしげて　言いました

アリイ？
また別な　アリが来て
難しそうな顔で　言いました

アリストテレス
また別な　アリが来て
素直な顔で　言いました

アリのままです
また別な　アリが来て
ぼうぜんとなり　言いました
アリ得ない！
また別な　アリが来て
逃げだす顔で　言いました
アリバイあるんです

また別な　アリが来て

魔女のような　恐い顔で言いました

アリババだ

また別な　アリが来て

メガネをかけて　授業しました

アリ　オリ　ハベリ　イマソカリ

また別な　アリが来て

元気な　秘密を言いました

アリナミン

また別な　アリが来て

土下座して　祈りました

アリ　モハメッド

また別な　アリが来て

ウロウロして　言いました

アリそうでない
また別(べつ)な　アリが来(き)て
歌(うた)をうたって　言(い)いました
アリランアリラン
また別(べつ)な　アリが来(き)て
這(は)って歩(ある)き　言(い)いました
アリゲーターだぞ

また別な　アリが来て
メルヘンの顔で　言いました
アリスは　不思議の国です

こうして　アリの群れは
ソファーの私に
一匹ずつ

何(なに)かを言(い)って
通(とお)り過(す)ぎて行(い)った

五郎物語

五郎が 喜ぶ
雷の ゴロゴロの
語呂合わせ
ゴロつきも 参る

年頃(としごろ)の女(おんな)も　参(まい)る
五郎(ごろう)の　語呂合(ごろあ)わせ
今頃(いまごろ)が　旬(しゅん)の
おいしい　筍(たけのこ)
食(た)べすぎた　五郎(ごろう)は
お腹(なか)を下(くだ)し　ゴロゴロゴロ

バリ島(とう)

バリバリの　バリカンで
頭(あたま)を刈(か)り　バリ島(とう)に住(す)んだ
バリバリの　営業(えいぎょう)マンと
頑(がん)バリ屋(や)の　営業(えいぎょう)マン

バリバリバリ
なわバリを　張(は)る音(おと)がした

ヘリコプター

へりくだった　ヘリコプターが
へりました　ブリブリバリバリ
そして　空き地(あち)の　へりに
降(お)りました　ヘリコプターの
日曜日(にちようび)

ポリス

ボリボリと　頭を掻いて
ボリビアに行き
ボリショイの　バレエみたら
ポリスが来て　ナッツを食べた
ポリポリポリ

ガリ

ガリガリと　ガリを食(た)べ
欲(ほ)しがりの　ガキにやる
カルガリーの　日本人(にほんじん)

ナレーション

ナレナレの　ナレーション
コナレた　英語(えいご)で呼ぶ
名探偵(めいたんてい)コナン
いくら待(ま)っても　コナンかった

ツル

ツルツルの鶴(つる)が　湿原(しつげん)から
ツルツル降(お)りて　氷(こおり)ですべる
ツルツルツル

おカラ

カラカラのおカラが
人(ひと)を見下(みくだ)し
カラカラ笑(わら)って
おカラかいになった

モリ

モリモリの　モリそばを
森(もり)で食(た)べ　海(うみ)へ出(で)て
モリでつく　山盛(やまも)りの魚(さかな)

魚(さかな)

神経(しんけい)を　逆(さか)なでする
魚(さかな)でした
逆(さか)さまに泳(およ)ぐ　魚(さかな)でした
ギョッと　しました
ウオーと　叫(さけ)びました

ユルブリンナー

ユルユルの　ユルブリンナーは
ハゲ頭(あたま)を　ユルユルさわり
ユルユルの　下痢(げり)をした

トリ

色(いろ)トリドリの　鳥(とり)は
よりドリみどり　つかまえて
トリ違(ちが)えたが
トリ逃(に)がしたのは
青(あお)いトリだった

ブルドーザー

ブルブルの　ブルドーザーは
ブルジョワの　ブルーマウンテンを
飲(の)みたかった
でも　ブルガリアの　ヨーグルトに

しました

ブルガリの　首飾(くびかざ)りを　つけて

ねこ

メザシを　目ざしていた　猫が

メザマシかけて　メザめたら

タイムを計って　エサを取る

「目刺し」をめざす　猫たちの

メザマしい　働きよ
目覚めて　目刺しを　食べた猫
目覚ましかけて　また眠る

アラレちゃん

アラレ降(ふ)る　アラレちゃんの
パンチ　パンチ　パンチ
それは　アラレもない
カッコーでした

あらー　アラレを食(た)べる

アラレちゃん

アラくれ男(おとこ)を　アラ療治(りょうじ)

アラジンの　魔神(まじん)よりも

強(つよ)かった

メランコリー

メラメラの　メランコリー
梅蘭芳(めいらんふぁん)の　メランコリー
目(め)が爛々(らんらん)と　メランコリー
メラニン色素(しきそ)が　素顔(すがお)に残(のこ)る

目が乱視で　コリゴリです

京劇役者の　動く隈取り

ゾウ

ゾウはゾォーっとしながら
ゾー煮(に)を食(た)べた
インドゾーは　ゾーとしながら
カレーをたべた
うまいゾー　と言(い)いながら

チリ

チリヂリの
チリ紙(がみ)を
チリの人(ひと)が
チリに変(か)えた
キッチリと
バッチリと

リス

クルクルと　クルミ割る
クルクルの　リスの目は
クルクル回る　休みなく
クルクル森から　リスがくる

苦(くる)しまぎれに　リスが来(く)る
森(もり)でリストラ　されたリス
クルクルクルミ　割(わ)り人形(にんぎょう)
踊(おど)って迎(むか)える　クリスマス
メリークルクル　クリスマス
みんなクルクル　クリスマス

コロンブス

コロコロの　コロンビアの
コロンブスは
コロブチカ　踊（おど）り
転（ころ）ぶちかなかった

メリーさんのひつじ

メリメリの
メリーゴーランドにのる
メリーさんの　ひつじは
メリヤスになった

メリークリスマスの
夜(よる)でした

ポパイ

ポトポトの　ポトフを
ポルトガルで　食(た)べ
トボトボ　帰(かえ)って行く
ポロシャツの　ポパイ
禁煙(きんえん)パイポを　吸(す)いながら

ガラナ

ガラガラの　ガラナ
ガラッパチが　ガラガラと
ガラナエキスを　飲(の)んでいる
赤(あか)い柄(がら)の　ガラナの瓶(びん)

幽霊(ゆうれい)

ユラユラゆれる　幽霊(ゆうれい)のレイ
ハワイのレイは　きれいなレイ
こわい実例(じつれい)　幽霊(ゆうれい)のレイ
スイスの幽霊(ゆうれい)　ユーレイホー

ユーレイホーの　ユングフラウ

フラウフラウと　出没(しゅつぼつ)します

ボリ

ボリボリと　ボッキーたべ
ボーリングの後(あと)　むさぼり飲(の)む
鯉(こい)ノボリが派手(はで)な　釣(つ)りボリ横(よこ)の
ビアガーデンを　想(おも)い出(だ)す

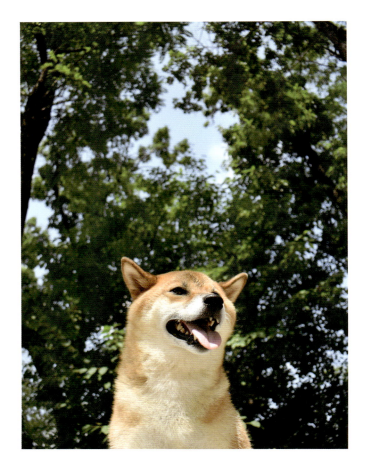

ジャガー

ジャラジャラの
ジャガーが
ジャリジャリの
ジャリの上(うえ)で

じゃりン子チエちゃん

読(よ)んでいる

ほんとジャガー

カメレオン

カメカメの　カメレオン
カメハメハの　ハワイで
カメラ撮(と)り　大阪(おおさか)の人(ひと)に言(い)う
カメへんで　撮(と)りやー

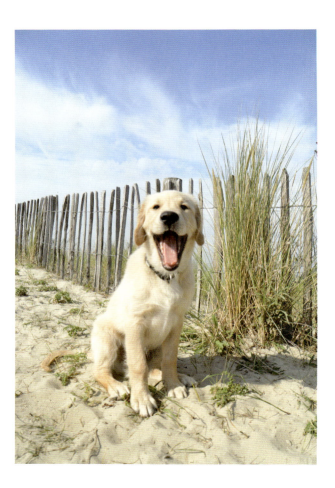

パパロッティー

パパー パパはロッテか
パパロッティー
パパラッチが 狙(ねら)う
パパロッティーの パパが

ロッテのガム　捨てる時
パパもロッテも　危険な時
パパラッチが　狙う
パパロッティーの　歌う顔
パパパヤー　パパパヤー
パパイヤ鈴木も　歌ってる

キリスト

キリキリ　痛(いた)む
キリストは　キリでもまれ
キリリとなって　祈(いの)りに祈(いの)る
キラキラ　涙(なみだ)で

嫌われの　キリストを

処刑する　人を憐れむ

キラキラ涙で　キリの痛み

忘れて祈る　イエスキリスト

キリギリス

キリストの　受難の日
キリキリと　胃を痛め
キリギリスは　泣きました
それから　逃げた

キリギリスは　キルギスに
行(い)きました
キリストを信(しん)じた　キリギリス
イギリスの　キリギリスは
キルギスの　キリギリスと
友(とも)だちです　イエスイエス
友(とも)だちです

戸渡阿見——ととあみ

小説家、劇作家、詩人、俳人、歌人、川柳家としてのペンネームを、戸渡阿見や深見東州とす。5才から17才まで、学校の勉強はあまりしなかったが、18才から読書に目覚め、1日1冊本を読み、突然文学青年になる。また、中学3年から川柳を始める。18才から俳句を始め、雑誌に投稿し始める。46才で中村汀女氏の直弟子、伊藤淳子氏に師事し、東州句会を主宰。毎月句会を行う。49才で、第一句集「かげろふ」を上梓。55才で、金子兜太氏の推薦により、現代俳句協会会員となる。57才で、第二句集「新秋」を上梓す。その他、写真句集や、俳句と水墨画のコラボレーションによる、「墨汁の詩(うた)」もある。短歌は、38才で岡野弘彦氏に師事。毎月歌会を行う。詩は、45才で、第一詩集「神との語らい」を出版。その後、詩集や詩画集を発表。54才で、井上ひさし氏の推挙により、社団法人日本ペンクラブの会員となる。56才で短篇小説集「蜥蜴(とかげ)」をリリース。第2短篇小説集「バッタに抱かれて」は、日本図書館協会選定図書となる。また、2017年に第3短篇小説集「おじいさんと熊」を発表。絵本も多数。また、56才で「明るすぎる劇団・東州」を旗揚げし、団長として原作、演出、脚本、音楽の全てを手がける。著作は、抱腹絶倒のギャグ本や、小説や詩集、俳句集、自己啓発書、人生論、経営論、文化論、宗教論など、290冊以上に及び、7カ国語に訳され出版されている。中国国立浙江大学大学院中文学部博士課程修了。文学博士(Ph.D)。中国国立浙江工商大学日本文化研究所教授。

装丁　宮坂佳枝
本文デザイン・カット　富田ゆうこ
本文写真　シャッターストック

戸渡阿見詩集　犬の彗星！

2019年5月31日　初版第1刷発行

著　者　戸渡阿見
発行人　杉田百帆
発行所　株式会社たちばな出版
　　　　〒167-0053　東京都杉並区西荻南2-20-9　たちばな出版ビル
　　　　TEL　03-5941-2341
　　　　FAX　03-5941-2348
　　　　ホームページ　https://www.tachibana-inc.co.jp/
印刷・製本　株式会社　精興社

ISBN978-4-8133-2643-4　Printed in Japan　©2019 Totoami
落丁本、乱丁本はお取替えいたします。
定価はカバーに表示してあります。